KB215442

나도 한때는 뜨거웠다

송말임 시집

나도 한때는 뜨거웠다

시와정신에스프리

시와정신사

■

시인의 말

주님에게 감사드립니다

내 인생의 전부인
당신들께 바칩니다

저의 시는 일상이자 기도입니다
첫 시집의 기쁨을 오래 간직하고자 합니다

2024년 봄
송말임

차 례

____ 제1부

___ 제3부

___ 제4부

____ 디카시

제1부

백합꽃

정원 가득 백합꽃 향기
아침햇살에 방긋방긋 날리운다
열아홉 아가씨
나비 되어 꽃향기 날리자
길 건넛집 애기 엄마
속치마 바람 날린다

공룡 발자국

몇 천 년 전 공룡이 뛰고 있다
소 몰던 어린 소녀 놓친 소가
고삐를 뿌리치고 뛰어간다
발자국만 남기고
공룡이 되어 가슴 깊이 콕 박혀서

요즘 아이들

운동하러 나가는데 학생이 애원한다
전어축제 알바하여 갚겠다며 돈 빌려달라고
저번에도 그랬는데 하면서도
집에 가서 돈을 갖고 와 만 원을 주었다
믿지 않으면서도 마음은 편했다

목욕탕 옆 골목에 학생들 하나둘씩 모여
담배를 피운다
보고도 야단치지 못하고 그냥 지나친다
야단을 친다고 듣지도 않을 걸 하면서도
언어 보복이 두려워 아무 말 못했다

옛날 어른들 말씀이
요즘 아이들은 버릇이 없다고 했는데
그때나 이때나
요즘 아이들은 늘 버릇이 없는 것인가 보다

벚꽃

숨바꼭질하다 눈 감고 숨었다가
나도 모르게 따스한 햇볕에 활짝 웃고 말았어
인사를 하려다 미운 얼굴 보일까 봐
바람에 청춘마저 날려 버린 벚꽃처럼
눈물에 짓밟히고 말았네
짧았던 벚꽃 개화가 그렇게 가 버렸다네

인생

옹기종기 머리 붙이고
해 가는 줄 모르고 놀았는가
쫓기고 달려온 길
돌아볼 길마저 잊었구려
이제사
흰서리 맞고 돌아보니
활짝 핀 꽃 한 송이 아니던가

가족

고개를 들면 황금빛 윤슬이 쏟아지고
고개를 숙이면 그 윤슬을 실은 물결이
천 조각 만 조각으로 부서지며
눈과 영혼을 황홀하게 한다

솜 같은 구름 속으로
숨바꼭질하는,
어디서 왔는지 물새 한 마리
삐익 삐익 하고 울면서 머리 위 지나간다
바닷가 작은 풍경들이 한 식구가 되었구나

달빛에는
누구를 기다리며 쓸쓸히 홀로 눈물에 젖은
어머니 얼굴이 비치는 것 같고
별빛에는
힘겹게 살아가며 이리 뛰고 저리 뛰는
자식 얼굴이 비치는 것 같고
반짝 반짝 길 잃지 말라며 북두성 머리 위 밝혀주네
바닷가 작은 가족들이 서로 토닥이며 살고 있구나

어머니를 위한 기도

어머니 말만 귓전에 들어도
온유하고 따뜻한 온기가 풍기는 느낌
세상에 태어나 첫말로 불러본 엄마
자기 몸 희생시켜 성장의 열매 맺기 위해
모든 정성 다 바친 어머니
어머니의 사랑 먹고 큰 고목 되었네
그 사랑 되돌려 드릴 길 없어
내리사랑 길러 어머니의 깊은 뜻 생각하면서
보고 싶은 어머니
존경스런 어머니
내 마음에 언제나 함께하는 어머니
항상 어머니를 위하여 기도합니다

꽃길

누구를 기다리나 긴 목을 늘어뜨리고
열여덟 순정 내 마음 사로잡네
꽃길을 걷다 발견한 달팽이
예쁜 꽃 위 앉으면 안 돼 하고 달팽이를 떼어 주었다
패랭이꽃 예쁘게 웃어 주었다
꽃길을 걸으면 열여덟 소녀
활짝 핀 꽃같이 행복한 마음이다

패랭이 꽃

패랭이 꽃길을 걷다
신발을 잊었구려 그만
꽃향기에 마음이 팔려
눈먼 장님 되었구나
깜짝 놀라 뒤돌아보니
내 신발이 떨어졌네
아 패랭이 꽃길이여

삼천포 바다

눈이 시리도록 파란 바다
영원한 젊음만 파도치는 바닷길 걷는다
실안 바다 노을빛이 물드는 황금빛 바다
큰 섬 작은 섬들이 한 가족 같이 모여
바람에 날리는 안개구름이 덮였구나

물살 따라 받혀놓은 죽방렴
바닷길 따라 걸으면서 생각나는
고려 성종 때 통창을 설치하고
조세미를 실어 나르기 위하여
개성서 수로로 삼천리길이라
삼천포 지명이 생겼다는

잔잔한 밤바다에
반짝반짝 바다에 비친 달빛
연락선이 떠난 뱃고동 소리
출렁이는 파도가 아쉬움 남기고
갈매기도 잠자는가 끼룩끼룩 숨소리
사랑한다고 같이 살자고

잠꼬대 소리 들리는
삼천포 바다

봄바람 가을바람

봄바람이 살랑살랑 불어와
따뜻한 햇빛에 아지랑이들 아른거리고
앵두꽃 아가씨 얼굴엔 분홍빛 볼이
예쁘게 익었구나 누구를 사랑했나 봐
산수유 노란 장삼을 입은 나비가 날아와
매화아가씨 손을 살며시 잡아주고
봄바람에 서로를 사랑하며 바람 따라 날아가네

가을바람은 외롭고 서늘한 바람
옆집 노총각 지게 지고 산길을 걷는다
시원한 가을바람에 고운 단풍 아가씨
짝을 만나 손잡고 오곡이 무르익은
유자 향기 들길을 가을바람 따라
어디론가 보금자리 찾아간다

언덕에 올라

언덕에 올라
노을 진 허공을 바라다보면
내 마음도 노을이 되어 하늘을 오르고 있다
해 질 무렵 노을에 비친 앵두빛
첫사랑 순정 설레는 마음 같아 애써
진정해 본다

해질녘 노을진 바다
중국행 상선 타고 우리 부부 여행 가던 날
처음이자 마지막 여행이던가
인천 대교 바다에 비친 노을이
장관을 이루었다
노을 속에는 선녀가 춤을 추는 듯
갈매기는 무리를 지어
창공을 날으며 끼룩끼룩 노래 부르고
황홀한 노을 광경에 그만 영혼까지 빨려들 뻔했다
잊지 못할 그날
아직도 가끔 그 추억을 먹고 산다

내 몸은 지금도 인천 바다 위 노을에 집을 지어 살고 있다

바람

한여름 부엌에는 더운 바람
냉장고 문을 열었다
이웃집 밍키가 쪼르르 달려와 앉는다
김치바람 생선바람 새콤달콤 과일바람
좋은지 킁킁

건넛방
낡은 선풍기에서
지팡이 딱딱거리는 소리가 들려온다
강단으로 돌아가는 강풍 아저씨가
삐거덕거리는 소리

미풍으로 돌리자
그 옆에 손녀 스르르 잠이 든다

바다같이 짜고 단단한

몽돌 같은 구두쇠 아저씨
깊은 가슴 속을 열어 본다
솜사탕 같은 뭉게구름이 뭉쳐 있다
산골 시냇물처럼 졸졸 흐른다

바닷가 산책길 갯바람
속삭이는 소리
발아래로 내려다본다
찰싹거리는 파도 소리
파도는 바위와 사랑을 속삭이나 봐

바다야 바다야
썰물이 밀려나고 밀물이 밀려드는
요술쟁이 방망이
반짝이는 별빛 받아
고요히 잠들어라

팝콘이 피었다

선진성 벚꽃은 팝콘 같다

겨울이면 말 못 하고 웅크려 떨고 있다가도 봄이 되면 빵 긋빵긋 망울망울 활짝 웃으며 예쁜 꽃을 피운다

수많은 눈길과 발길들이 꽃바람 타고 모여들고 행여나 미워했던 것 죄다 없애라고 활짝 핀 꽃으로 공원을 다 덮는다 그 꽃을 보는 우리들은 보기만 해도 행복해진다

해마다 열리는 벚꽃 축제에는 볼거리가 많다 각설이 타령 장기자랑 또 많은 먹거리 등 즐거워하고 있는 사람들을 보고 있노라면 덩실덩실 어깨춤이 절로 날 판이다

비라도 온다면 저 벚꽃 다 떨어질까 얼마나 아쉬웠던지

바람 불 때 화르륵 떨어지는 벚꽃 꽃잎은 정말 장관을 이룬다 정말 꽃비 같았다

일제히 팝콘 꽃이 핀 듯 하얗다 내년 봄이 벌써부터 기다려진다

모여든 구경꾼들도 벚꽃처럼 환한 얼굴이다

장구 치고 북 치는 장단에 덩실덩실 춤추는 선진성

팝콘이 피었다

여러 가지

가지가지 나뭇가지
좌우로 늘어진 나뭇가지
나무는 가지를 내어 눈길을 사로잡는다

식탁에 오르는 가지나물 색깔도 예쁜 가지
인기가 많아 사랑받는 가지
모양도 여러 가지
색깔도 가지가지
세계 지구상 인간도 가지가지
의복도 가지가지
살아가는 문화와 취향도 가지가지
가지가지하고 놀고 있다

기도

오늘도 교회 식구들 목사님의 은혜스러운 말씀으로
정성껏 예물도 드리고 뜻 깊은 주일이었다
우리 교회가 더욱 번성하고 성장하길 하나님께 기도한다
목사님의 축복의 설교와 기도로 축하하고
복된 예배시간이었다
모든 사람들 주의 일꾼들이 되길 기도한다
나는 열심히 시를 쓰는 시꾼이 되길 조용히 기도했다

인생 2

아슬아슬
태풍에 넘어질라
홀로 선 인생

밤새 서리 맞은 국화꽃처럼
피지 못하고 홀로 앉은
젖어 있는 인생

_____ 제2부

운동회

운동회 날이 정해지면 그날부터 설렌다

운동회날 할 무용, 달리기 연습을 한다

그때 그 시절에는 모든 먹을거리가 부족한 때라 간식거리 반찬거리가 많이 없을 때였다

매일 보리밥 먹던 시절이었지만 운동회 날만큼은 온갖 잡곡을 넣은 찰밥도 하고 그 귀한 계란도 삶고 밤을 찌고 시원한 배와 감을 먹는 실컷 배부르게 먹을 수 있는 행복한 날이었다

운동회 상품으로 탄 공책은 누가 몇 권인지 집에 돌아가서 언니들과 엄마 아빠 식구들 같이 모여 앉아 이야기꽃이 피었다

운동회 그날만큼은 정말 즐겁고 기쁜 날이었다

지금 생각해도 그때의 추억은 시시때때로 생각난다

푸르고 높은 가을 하늘 아래 형형색색의 만국기가 줄지어 뽐내며 휘날리고 그 광경은 바라만 보아도 절로 기쁨이 솟았다

가슴을 설레게 하는 가을 운동회 기다리고 기다리던 시간이었다

홍군 청군을 갈라놓은 앞에 선 두 응원 단장 힘차게 자기편을 응원한다

백군 이겨라 청군 이겨라 자기 국기를 흔들며 온몸에 흐르는 땀 훔치며 이겨라 이겨라 목청껏 외친다

　달리기를 자기 편이 일등 하면 함성소리 외치며 모두가 일어서서 외치고 뒤떨어지면 그만 주저앉아 버리고, 경기란 한데 뭉쳐지는 열기 찬 게임이다

　게임이란 한 편은 웃게 해 주고 한 편은 울게 해 주지만 운동회는 그 자체로 즐거운 놀이였다

　어젯밤 꿈에도 운동회 꿈을 꾸었다

운동회 날

붉은 해가 동쪽 하늘에서 붉게 떠오른다

청명하고 구름 한 점 없는 맑고 좋은 날씨다

4학년 가을 운동회를 하는 날이었다 나는 4학년 1반이었다

모든 학생들은 아침 조례를 마치고 교가를 부르면서 행열을 하며 제자리에 줄을 서서 들어간다

어쩐지 그날은 느낌이 별로 좋지 못하다

운동회 하는 중간중간 아무리 눈 돌려 찾아봐도 우리 가족은 보이지 않는다 점심시간이 되어 기다리던 중 점심 도시락을 가져온 사람은 다름 아닌 우리 집에서 농사일을 하고 있는 장수라는 총각이었다 벼 베기가 많아서 올 사람이 없다고 자기를 보냈다면서 도시락을 건네 주었다 도시락을 받아 먹었지만 하루 종일 풀리지 않은 기분이었다 집에 가서 투덜거렸더니 엄마가 미안하다며 비가 올 것 같아서 갈해야 해서 시간이 없었다 내년에는 꼭 갈게 하면서 나를 한참이나 안아주면서 기분을 풀어주었다 그제서야 마음이 조금 풀렸다

지금 생각하면 엄마께 투덜거린 게 미안키만 한데 그땐 철이 없어서 그랬던 것 같다

첫사랑

이웃 마을 한 사람이 생각난다
스무 살 무렵 처음으로
내 마음 속에 와서
그림자로 남아
그것이 첫사랑이었나 봐
첫 만남부터 설레었는데

아쉬워
가끔은 피식 웃어보는
첫사랑인가 봐

감나무 일생

벌레가 살던 죽은 감나무에서 꿈틀꿈틀 움을 틔운다
몸과 팔다리 가지마다 파란 새싹이 돋는다
괴나리봇짐 지고 소리꾼들 주막집 모여든다
봄비가 촉촉이 내려주어 줄기줄기 마디마디
열매 맺고 상투꽃 곱게 피어 몽실몽실 알알이 벗고 나와
파란 열매 쫑긋쫑긋 얼굴 다투어 내민다
붉은 노을에 물이 들어 사랑을 했나 봐
새파랗고 고운 얼굴 빨갛게 홍시가 되어
주렁주렁 달렸네
상투 할아버지 속 깊이 들어가
따뜻하게 물들인다
다 토해내고 다 떨어져 남은 건 앙상한 뼈뿐인데
홍시 감나무 까치밥까지 챙기고 있다

꽃방석

꽃방석에 앉혀준다더니
너덜너덜 다 해져버렸네

물안개

가을걷이가 대강 끝나고

조금 늦잠을 자고 대문 열고 나오니

찬바람은 가슴을 파고들고

앞바다 물안개는 구랑골에서 남해 앞바다까지 쭈욱 널어 피어 있다

지금쯤 바닷물이 꽤 차가울 텐데 꼭 온천같이 느껴져 가슴이 포근했다

마음이 나긋해지며 각각 흩어져 살고 있는 옛 친구들 생각나

다리 건들거리며 부르던 이름들 생각나

혼자 거닐며 중얼거려 본다

짙어가는 가을과 시월의 마지막 달력을 바라보며

와룡산 곱게 물든 단풍이 보고 자파

내일 모레 금요일 단풍놀이 가자는데

이틀을 기다리려니 벌써부터 근질근질

청춘인 양 마음 설렌다

사천 케이블카

우리 고장 사천 삼천포대교 아름답고 신비하다

각산 봉화대를 올라 강을 건너 초양섬 경유하고 돌고 돌아 단단하고 신비하게 매달려 있는, 사천 삼천포에 명물 케이블카 한 번은 꼭 와볼 만한 곳, 대교에는 금목걸이를 걸어 놓은 것 같은 반짝이는 찬란한 풍경이 일렁이고 대교 밑 바다에는 붉은 살쾡이가 놀고 빙빙 돌아 거센 물살은 회 맛을 최고로 만들어 주는 사천의 명승지다

각산 봉화대에 오르면 탁 트인 남해 바다 실안 노을이 장관을 이루어 절로 탄성을 내게 된다 거센 물살에 밀려오다 자리 잡은 크고 작은 섬들 사이로 받쳐 놓은 죽방렴 발 위에 앉은 갈매기들 먹이를 기다리며 끼욱끼욱 울고 있다

사천 삼천포로 잘 나가다 빠진다는 걸 의심했지만 얼마나 좋았으면 사천 삼천포로 빠졌을까 하고 돌린 발길 아름다운 모습에 뒤돌아보고 보고 또 보고 아름다운 모습에 눈을 빼앗기고 그만 넘어지고 말았네 그래도 좋은 사천 바다 케이블카

다솔사

　사천의 역사 깊은 절 다솔사

　일제시대 독립투사들 질산과 산 넘고 고개 넘어 왜군의 눈
을 피하여 대바구니 걸머지고 상인으로 둔갑하여 완사시장
과 지리산을 다니면서 연락망이 되어주고 부모자식 등지고
이 한 목숨 바칠 것을 맹세하고 승부를 위하여 달려갔다던

　쉼터가 되어 주고 안아 준 다솔사

　그분들이 있었기에 우리가 행복한 삶을 살고 있지 않을까

　본받아야 할 정신을 잊지 않으려 노력해야겠다고

　4월 8일 부처님 오신 날이면 꼬까옷 입고

　친구끼리 먼 길 걸어서 구경 간다고 손잡고 가던 그 때

　동심의 그날로 돌아가고 싶구나

　오목하게 싸인 산 고을에 따뜻하게 자리잡은 절

　목탁 치는 소리 사천시를 기원하는 다솔사

　그때나 지금이나 쉼터임엔 변함없다

송편

여름 더위가 신호등 같이 가을 바람으로 바뀌고
오곡이 무르익은 한가위 추석을 맞아
바람타고 날아와 모여 앉은 한 가족
오색송편을 자기 생긴 대로 빚어 웃음꽃이 피었다
송편을 솥에 올려 놓았는데 그만 불이 나고 말았다
송편이 다 터져버렸다
그것도 모르고 얼마나 웃었으면
밝은 달밤에 둘러앉아 고무신짝 놀이에
밤 가는 줄 모르고 웃음 짓고 있다
호각소리에 깜짝 놀라 돌아보니 주민 신고에 경찰이 찾
아왔다
모두가 그만 터지고 말았다 웃음이 마구마구 터졌다
둥근 보름달 빤짝이는 수많은 별들이 내려와 송편 가족
을 축복하고 있었다

송편 2

새옷 입은 때도 다 지나고
훌훌이 벗은 태양 태풍에 날려
섬섬이 주렁주렁 고개 숙인 알찬 가을
추석 명절 오색 송편 한입 물고
함박꽃이 피었네
냄새 맡고 모여든 수많은 빤짝이는 별들 중심 둥근 달 활
짝 웃고 뛰어올라
알알이 맺힌 속 밝혀준다
꽉 찬 속 냉정히 갈아입고 떨어지는 것 싫어
잔인한 달을 거북같이 보내고
오색 송편 맛에 사르르 녹아난다

추석

한가위 풍성하고 청명한 가을
자녀들과 한 가족이 광천사 계곡으로 나들이 간다
긴 계곡 숲이 자연스럽게 우거지고
구슬과 같은 맑은 물이 졸졸 흐르는 물 위에
한 잎 두 잎 떨어지는 단풍잎
한가로이 기약 없이 떠내려간다
광천사 절 담에는 감들이 빨갛게 주렁주렁 열려 가을의
풍미를 흘린다
높은 산 계곡 위에 매달아 놓은 출렁다리는 많은 발길들
이 즐긴다
싸가지고 간 송편과 알밤을 먹고 즐기면서
보고 보고 가도 가도 지칠 줄 모르는
아름다운 계곡을 바라보며 즐거운 추석이었다

소

옛날 그 시절에는 소가 쟁기를 끌고
논갈이 밭갈이를 하던 힘든 시절
농부의 길잡이가 된 소의 힘으로 이끈다
힘들어도 말도 못하고 고개만 설레설레 저으며
눈물을 흘리며 채찍에 못 이겨 끌고 간다

한 가족의 운명인 여인
고비고비 넘어도 내려놓을 곳 없어
마음의 푸른 목장을 상상한다
산 넘고 물 건너 넓은 세상 구경하러 날아가 볼까
소 같은 힘만 키운 엄마라는 이름의 여인

꽃

어여쁜 꽃
봄에 피는 꽃
가을에 피는 꽃
깊은 연못에 핀 연꽃
하늘에 핀 천사 꽃
동서남북 길을 찾아간다
줄기줄기 열매 맺어 한울타리 되었구나
옹기종기 사랑 싣고 금바구니 정을 담아 둥실둥실 송이
송이 예쁜 꽃송이
봉울봉울 피어 만지기도 아까운 나의 사랑 꽃

장마와 기도

　장맛비에 천둥번개 맞고 떠내려가 작은 막내섬이 되었다
　작은 막내섬에 몰락한 선비의 딸과 눈이 맞은 종놈 기태
가 사랑 하나 들고 운명을 걸고 왔다
　버려진 땅 천여 평을 토지로 일궈 옥수수 감자 고구마 심
으며 살았단다
　그들에게는 귀천이 따로 없고 사랑만 있었단다
　흰둥이와 바닷새 벗하며 살았단다
　또 장맛비가 많이 내려 작은섬이 큰 섬이 되어버렸단다
　세월 흘러 그의 후손은 큰 섬을 옥토로 바꿔 놓았단다
　그의 증손들은 쾌속정을 타고 올 막내딸과 손주를 기다
린단다
　이제는 장맛비가 모아준 가족들
　무탈하기만 해달라는 기도하는 일이 일상이 되었단다

지리한 장마

여름이 되면 장맛비가 내린다
장맛비란 세상을 개벽하려는 듯
내리치는 천둥번개인가요
홍수로 범람한 강물을 채움인가요
엄마 잃은 어린아이 눈물인가요
지칠 줄 모르고 내리는 장맛비에
삼칸 초가지붕 받침대가 무너져
호수에 뜬 오리 가족이 되었구나
갈대밭을 찾아 헤매다 지쳐 그만
뽀송뽀송한 마알간 날만 꿈꾸고 있구나

장마

여름에는 오랫동안 비가 내려
장맛비가 된다
농부는 장삼을 입고 비가 와도 논밭을 가꾼다
옆집 옥이 엄마 고운 옷 차려입고 빨간 우산 들고 나들이
하다
배에 미끄러져 그만 고운 옷 적셨네
남편한테 들켜 쫓겨나 몰래 방앗간에 숨었다가 소금 장
수 따라간다
온 동네 아낙네들 숨죽이고 장맛비 맞고 살금살금 모두
떠내려간다
어미 잃은 청개구리 개굴개굴 울어댄다
골목마다 남정네들 쪽박 차고 눈물 훔친다
장맛비야 그만 그쳐다오
우리집 뜰 연못이 되었고
부엌 아궁이에는 옹달샘이 되었구나
텅 빈 지붕 위에 갈대 버섯꽃이 피었네
장맛비가 그치자
개구리 가족 모여 웃음꽃 피네

첫사랑

첫사랑 할 때는 설레고 달콤한 것
철없이 하는 사랑 살금살금 몰래 하는
안 보면 보고 싶고 보고 또 보고 싶은 사람

아랫집 순이 언니 사랑했던 첫사랑 군입대한 후
정신나간 것마냥 골목길만 쳐다보고 서 있다
기다리던 그 사람은 다른 아가씨를 데려왔다
순이 언니는 지금까지 짝을 찾지 못했다

나의 친구는 첫사랑 편지를 장롱 밑에 두었다가
시어머니에게 들켜 쫓겨났다
예쁜 딸까지 있는 며느리를 이혼시켜 쫓아냈다
지나간 첫사랑 그리다가 행복이 깨어졌다

첫사랑은 그리워만 하는 사랑
영원히 가슴으로만 기억해야 할 사랑

첫사랑 2

열아홉 꽃다운 시절
이웃 동네 중매하는 할머님들
우리집 사립문에 줄을 선다
가까운 이웃은 싫었다
이웃집 길수가 손 내밀고 찾아온다
뿌리치기 힘들었다
그때 그 시절에 사랑인 줄 몰랐었고
내가 좋아하는 사람은 지나고 보니 다 놓쳤다
날 좋아하는 사람 정열적인 사랑으로 쫓아다니는 사랑하
는 사람
지금은 모든 것이 다 식어 생각도 안 난다
사랑은 이제 귀여운 자식 사랑
손자 손녀 사랑으로 행복한 삶
못다 이룬 첫사랑은 가족사랑으로 채운다

첫사랑 3

첫사랑 손만 잡아도
얼굴이 붉어지고 가슴이 설렌다
익어가는 앵두같이 따 먹지 않으면 숲속에 떨어져
어둠 속으로 헤맨다
폭포처럼 거센 개천물도
흘러갈수록 좁아지고
약한 실개천이 된다

___ 제3부

외갓집 장독대

어릴 적 엄마 따라 외갓집 간다
새옷 갈아입고 꽃 놓인 코고무신 신고 뛰어간다
산길을 걸어가면 백 리 길
배 타고 강 건너가면 십 리 길
옹기 술 두루미에 청주 한 병 담아 이고
즐겁게 따라간다 외할머니가 버선발로 내려오며 눈물을
훔치며 맞이한다
외갓집에는 크고 작은 장독대가 줄을 지어 놓여 있다
연병장에 철모를 쓴 병장들 모습 같다
이웃집 영숙이는 친정 간 엄마가 돌아오지 않아
매일 바닷가에 앉아 기다리다 잠수부가 되었다
옹기그릇만 건져 올려 성을 쌓아놓고
등대가 되어 뱃길 밝혀주는 외갓집 동네 이야기
할아버지는 긴 수염에 두루마기 입고
머리에는 탕건을 갖춰 쓰시고
외출했다 돌아오시면 옹기에서 곶감을 주시곤 했다
그리운 외갓집 장독대

봄

추운 거울 속에 포근히 가랑잎 덮고 잠자다
따뜻한 봄 손님
벌떡 깨어 고개 내미는 새싹들
예쁜 모습 단장하고 꽃을 피운다
나비가 날아들고
아지랑이 아른거리는 요술쟁이 신비의 계절
비 오는 날엔 모든 식물을 먹여 감사하고
따뜻한 햇빛은 웃음을 주어 감사하고
봄이면 한 해에 희망을 안겨주는 것
활짝 핀 꽃 고운 잎을 피워 준 따뜻한 마음
매년 심어준 희망
세월은
내 희망 다 가져다가 어디에 숨겼는지
언제 다시 찾아올까 생각에 잠겨보는 봄

옹기

옛날 그 시절 옹기장수 볏짚으로 소중하게 싸서

소달구지에 잔뜩 실어 돌밭길 고갯길을 넘어 도랑 건너 마을에 내려놓는다

동네 아낙네들 모여 이고 들고 간다

빗길에 넘어져 도랑사구를 그만 깨트려 버렸네

엽전 닷 냥 버렸다고 시어머니께 쫓겨나 울고 간다

복실이가 따라가며 짖어댄다

가정마다 고운 옷 입혀놓은 옹기 가족 물동이 쌀독 간장독 김치 항아리 술독 된장 고추장단지

장독간 둘러선 맨드라미 접시꽃 나라꽃 활짝 피어

예쁜 꽃받침도 되어 주고

떡시루도 되어 주고

오줌동이도 되어 주고

금사발 은사발 툭사리도 모여

임금님 수라상에도 올라 귀염 받고 있다

오대가 함께 모여 개구쟁이 손자와 막내 손녀는

할아버지 상투에 올라 앉아 방긋방긋 웃고 있다

열아홉 명 한 가족이 모여 아버님 축하합니다

옹기가족이 모여

손을 흔들고 있다

옹기 깨진 바가지 겨울에 바가지에 담은 고구마 옹기 뚝배기에 동치미 담고 추운 겨울 함께 아랫목에 모여 앉아 오손도손

이야기하며 함께 즐기면서 맛있게 끼니를 채우고 있다

하나 남은 고구마 서로 집으려다 그만 동생이 김치 뚝배기를 쏟아 깨어 버렸다

어머니에게 야단 맞고 울면서 뛰쳐나간다

따라 나가 보니 큰 장독 뒤에 숨어서 자고 있다

큰 독 깰까 봐 그만 야단치지도 못했다

공원

운동장 공원 벤치에 앉아
사람들의 놀이를 바라본다
배드민턴을 치는 청년들
젊은 열기를 뿜어대는 농구골대
축구공에 뒤엉켜 있는 개구쟁이들
유산소 호흡운동을 하면서 빙빙 도는 아낙네들
우거진 나무그늘 밑에는 힘없이 늘어져 있는 노친네들
오고가는 자동차와 사람들 발길
삶의 터전을 찾아
돌고 돌아 돌아간다
해가 저무는 그날

바다

바다같이 짜고 단단한
몽돌 같은 구두쇠 아저씨
깊은 가슴 속을 열어본다
솜사탕 같은 뭉게구름이 뭉쳐 있다
산골 시냇물처럼 졸졸 흘러내린다

바닷가 산책길 갯바람
속삭이는 소리
발아래 내려가본다
찰싹거리는 파도소리
파도는 바위와 사랑을 속삭이나 봐

바다야 바다야
썰물이 밀려가고 밀물이 밀려드는
요술쟁이 요술쟁이 방망이
반짝이는 별빛 받아
고요히 잠들어라

어머니

불러도 불러도 지치지 않는 어머니
아랫목 같이 따뜻한 사랑 담은 그 사연
떠나는 자식 보이지 않을 때까지
손 흔들며 눈물 훔치며 돌아가지 않고 서 있던 어머니

그려도 보고 만져도 보고픈 어머니
버선발로 내려와 반겨 주시던
간장 된장 고추장 챙겨 주시며
언제나 풍성한 마음 인자한 모습으로
사랑이 넘치는 어머니

생각해 보고 안아도 보고
아무것도 해주지 못하고 되돌릴 수 없는 과거
이제야 눈 뜨고 바라볼래도 시든 꽃
지금도 어머니 젖을 만지고
품안에서 미소 짓고 잠들고 싶다

노을

불난 가슴 식히려 붉은 노을 바라본다
마음을 달래주는 담장 위의 붉은 장미
서산에 넘어가는 노을빛 바다
붉은 장밋빛 드레스를 입고 춤을 춘다
한 쌍의 비둘기가 날고 있다

바닷빛 잠자던 거북이
붉은 노을빛에 놀란 토끼 되어
아침 인사 하러 뛰어나온다
잠들려 하던 산골 오두막에는
검은 연기를 내뿜는다

집 나간 자식 기다리는 흰머리 노파
눈 뜬 채 장석 되어 노을만 바라본다
언제 밤이 깊은 줄도 모르고 어디선가
개 짖는 소리에 돌아선다

고양이

얼룩무늬 우리집 고양이
까만 노란 줄무늬
귀여운 새끼 다섯 마리
품에 품어 젖 빨리고 있네
장독 뒤에 숨겨 두었다가
장대비 폭우에 그만
호랑이 새끼 되어
가 버렸네
옆집 복실이가 짖어대니
울고 헤매던 얼룩이도
그만 돌아서 간다

바람 2

옆집 아저씨 바람났나 봐
바바리 코트 차려 입고
밤마다 담을 넘어 살짝 숨어 나가네
순이 엄마 슬금슬금 모른 척 뒤쫓다
그만 놓치고 말았네

동네 아줌마들 우물가에 모여 앉아
강아지들이 모여 짝지어 달과 있네
놀란 순이가 그만 물동이를 깨어 버렸네
옆집에도 그만 구경꾼 모였구나

먹구름 모여들어 소낙비가 내린다
활짝 핀 꽃구름 방긋방긋 웃고 있네
바람은 그냥 멈췄나 봐

인생 3

아슬아슬하게 힘들게
태풍에 넘어질 듯
홀로 선 인생
밤새 서리 맞은 국화꽃처럼
피지 못하고
홀로 앉은 젖어 있는 인생

추수감사절

오늘은 교회 추수 감사주일 온 가족이 한자리에 모여 과일과 곡식을 풍성하게 정성껏 차려 놓고 목사님의 은혜스러운 말씀으로 정성껏 예물도 드리고 뜻깊은 주일이었다

오후 예배는 은퇴 및 임직 감사 예배였다

장로 집사 권사 교회 일꾼들을 선출하였다

우리 교회가 더욱 번성하고 성장하길 하나님께 기도한다

목사님들의 축복의 설교와 기도로 축하하고 목사님과 당회원들의 안수로 모든 순서를 마치고 축회와 답사와 선물까지 받고 복된 예배였어요

임직을 받은 주의 일꾼들은 하나님의 나라를 성장시켜 귀한 일꾼들이 되길 기도합니다

머리에 차곡차곡 담아 두기엔 지친 것들

깜빡깜빡 신호등처럼 왔다갔다하며 녹슬어 버려야 할 것들 다 버리고

천지 만물을 창조하신 하나님 말씀으로

새것으로 채워 영원히 건강하고 축복받으시길 기도합니다 추수감사절에

따라온다

누군가가 나의 뒤를 따라온다
돌아보니 보이지 않고 따라온다
가로등 불빛에 그림자가 따라온다
험한 길 친구 되어 복실이도 따라온다

갈대샘

사천 삼천포 중앙시장
넓고 깨끗하고 행복한
낭만 여인숙을 모르시나요
사천 삼천포 갈대샘을 아시나요
모르시면 한 번 오셔서
갈대샘 물맛도 보시고 낭만여인숙에서
몸과 마음에 사랑과 낭만을 담아 가셔요
영원히 가슴속 마음속 아니
머릿속 깊이 남을 것
삼천포 대교
각산 케이블카 즐기고
무게 없이 담아갈 곳 많아요

철새처럼

지렁이 놀세라
아버지 잠 깨실까 봐
살금살금 박쥐처럼 날아 모여
밤하늘 반짝이는 별을 보며
철새처럼
짹짹거리며
가설극장 구경 가던 친구들
어디론가 철새처럼
짝 지어 가 버렸네
숫자는 늘어가고
서산에 검붉은 햇빛
가기 싫어 힘들어하네
어디에 있는지 우체통 메고 가네

밥상

우리집 앞마당에 비파나무 심고
무화과나무 심어 풍성하게 자라
가지마다 열매 맺어 잎이 피고
나무 밑에 가지 심고 토마토 고추 심어
주렁주렁 열려서 아침 저녁 식탁 위에 채워준다
마주할 자리 비워
기다리다 돌아오지 않아 말라버린 밥상
목화꽃이 피어 훨훨 날아버려
고향 찾아 헤맨다
파리 떼가 다 먹어 버렸네

제4부

아파도 가족이다

남편 직장 때문에

수천 번 이삿짐을 싸고 옮겼다

서포에서 곤양으로 곤양에서 진교로 진교에서 하동노량으로

그때에는 다리가 없어

배를 타고 남해 노량에서 남해읍으로 버스를 타고 이사 가는 여정이 길고도 긴 여정이었다

남해읍에서 남면까지 차를 타고 이삿짐을 날랐던 그때 그 시절

지금 생각하면 끔찍할 뿐이다

군 생활할 때 만난 신랑은 휴가를 열한 번 나온 대단한 사람이었다

남편 보필하느라 내 청춘이 이제 파파 할머니가 되어 버렸다

우리 친정은 육형제였다

오빠 하나가 있었는데 날만 밝아오면 우리집 마당에는 중매쟁이가 줄을 이었다

친정 엄마가 무남독녀라 자녀들을 많이 낳았다고 했다

친할머니 돌아가시던 날도 옥종에서 상여를 메고 서포까

지 걸어가서 초상을 치렀다 시동생 네 명 있고 초상 치른 후 빈소가 9년 동안 차려져 있었다 친할머니 3년상 시어머니 3년상

오빠는 세 번 장가를 가셨다

서포 진교쪽에서 시집 온 새 언니는 몇 해 안 돼 배가 아파 시름시름 앓다가 하늘길 가고

주무이에서 시집 온 올케도 애 하나 놓고 거무이 대밭동네에서 아파 하늘 길 갔다

마지막 올케는 오빠가 마음에 들어 같이 살게 되었다

그 올케는 소드레를 일으키는 약간의 흠도 있었지만 그래도 아들 셋 딸 둘 낳고 오빠 대를 이어주었으니 정말로 고맙다. 참말로 흠이라 생각하지 않는다 가족이니까

가을

찌는 듯한 더위는 지나가고 싸늘한 가을바람 불어와
머리카락 사이로 스며든다
힘들어 못 이겨 고개 숙인 벼
가을향기 내뿜으며 한들한들 춤추는 코스모스
길손들 마음을 설레게 한다
대교 밑 잔잔하게 출렁거리며 내뿜는 갯내
산기슭에 솔솔 부는 바람에
바스락바스락 속삭이는 소리
가을 입맛을 돋우는 감성돔
깊은 밤 창문 사이로 도둑 같이 멀어져 가는
눈썹달
가을이 깊어간다

갈대샘 2

약 50년으로 추정된 갈대샘

그 옛 시절에는 논 귀퉁이에 웅덩이를 파 거기서 빨래하고 물동이 들고 먼 길을 가 옹달샘에 물을 길어 머리에 이고 와

밥 짓던 시절 갈대가 무성한 그 속에 우물을 파 갈대를 헤치며

이등 저등 넘어 물을 길으러 온 아낙네들 행복한 얼굴로 우물가에서

차례를 기다리며 웃음꽃 피우고

좁은 우물 내려다보며 두레박으로 퍼 올린

그 물맛 온몸을 사르르 녹인다

여름이면 시원하게 더위를 씻어주고 고마운 갈대샘

갈대 깊은 곳에는 청춘남녀 숨바꼭질하며 사랑을 꽃 피운다

수십 년 수백 년이 흘러도 아직도 잊지 못할 갈대샘

삼천포에 산다면 삼천포 지킴이 영원한 샘물 갈대샘에 가보세요

이별

60년을 살아도 허무한 인생 아쉬움은 남는 것

허전하고 가슴 속 깊이 갑갑하구나 한 번뿐인 인생

남편은 위암 수술 재발하여 또 두 번 수술하여

십여 년을 앓다가 불치병 치매가 찾아와 항상 의심 밤에
도 의심 마음과 심적으로 괴롭힘을 당하고 욕설과 밥상도
밀쳐버리고 참고 견디기 힘들었지만 본심 아닌 병적이라
이해하지만 마음 한편은 속상할 때가 많았고 항상 마음이
두근거렸다 그도 한때였다 몸이 쇠약해지니 그 기상도 사
라지고 눈 뜨는 것조차 힘들어한다

먹지도 말 한마디 하지 않고 어느날 사르르 사라져간다

저 천국으로 너무나 당황하고 갑작스러웠다

그러나 그때 소리치고 투정 부릴 때가 생각났다 그것이
인생

감사한 이야기

아침 일찍 건강하게 일어나게 해 주신 것 감사합니다
매일 끼니를 채워주신 것 감사합니다
팔십 평생 지켜주신 은혜 감사합니다
하루하루 즐겁고 행복한 시간 감사합니다
식민지 육이오도 잘 지켜주신 것 감사합니다
삼한 노인대학 배움의 길을 열어 주신 것 감사합니다
좋은 이웃과 교제를 나눌 수 있는 친구 주셔서 감사합니다
귀하고 참된 선생님을 만나게 해주셔서 감사합니다
팔십 평생 배우지 못한 것 배울 수 있게 도와 주신 천덕
찬 선생님과
섬세하게 가르쳐 주신 안채영 선생님께 진심으로 감사합
니다
내일을 위하여 행복하게 살아가길 하나님께 감사합니다

마음

오늘도 저물어 가는 하루
나의 눈물도 흘러간다
수많은 세월이 지나도
남는 것 잡히지 않는 빈손
저 하늘에 별들도 숨바꼭질하고
허공에 떠도는 구름만 덮혀주네
초생달 깜빡깜빡 숨바꼭질하고
빈 가슴만 안겨주네
말없이 고요한 밤 첫눈이 내리듯 포근히 잠들고 말았네

그림자

이 땅 위에 태어나 부모님 사랑 먹고 20여 년을 살다가
부모님 곁을 떠나 철없이 앞만 보고 살아온 길
뒤돌아볼 시간조차 생각할 겨를 없이 사랑의 뿌리를 내려
금쪽같은 가지를 뻗어 주렁주렁 결실을 달았다
너무 힘들고 지칠때면 불러도 돌아서지 않고
훨훨 날아 본향 찾아 떠나고 싶었다
언제나 돌아가도 계실 것 같은
그리운 부모님은 가지와 향기만 남긴 채 조용히 가 버렸다
언제 다시 천국에서 만나요 활짝 웃으며

구름

서쪽 하늘 해 질 무렵
구름의 조화가 일어나고 있다
몸도 영도 없는 구름이 어디서 모였는지
큰 뿔소 같은 형상의 각종 색깔로 변하여
뭉쳐 아름답고도 험한 형태 여러가지 모양을 만들어 낸다
앞쪽에는 화석 같은 돌 모양들이
짐승과 사람의 형상 같은 신비의 모양을 나타내고
하늘엔 초생달 살며시 떠 환상을 이룬다
운동 나온 많은 사람들 사진을 찍어댄다
모두가 서쪽 하늘 쳐다보고 감탄한다
저 구름에 무엇을 실었는지 모두 환하게 웃고 있다

계곡

계곡물은 흘러 흘러 넓은 고향 찾아가고
인생도 돌고 돌아 산등성 오르락내리락한다
깊은 골 바위틈 뿌리내려 힘들게 자라
얽히고 꼬여도 껴안고 곱게 자라 피운 잎들
도적 같은 찬바람 맞고도
서로를 바라보며 약속하듯 붉은 눈빛
흰 눈 맞고 떨어져 발길에 밟혀
바스락바스락 소리만 남아
벌거벗은 가지만 남았지만
돌아올 희망에 살짝 기지개 켜며
눈꽃 송이 안고 웃고 있다

아침

밤새 잠이 오지 않아 늦잠을 자는데
옆집 짓는 데서는 일꾼이 벌써 와서 잠을 깨운다
아침에 일어나 물 한 컵 마시고
창문 열고 밖을 내다보니
선인장꽃이 하얗게 피어 예쁘게 인사한다
예쁜 꽃 꺾을까 봐 가시가 돋았나
빨간 꽃 노란 꽃 방긋방긋 웃어준다
만져도 보고 예쁜 꽃 반가워요 향기도 맡아본다
운동장 가서 아침 운동하고
집에 와 식사하고
즐거운 하루 되길 기도한다

산책

오늘은 시원한 날씨라 용두공원 운동 가기로 한다
모처럼 논길로 걸어가니
낯선 길처럼 가슴 설레며 발길을 옮긴다
모심기가 언제였던가 벼가 많이 자랐다
공원에는 편백나무 그늘이 너무 시원해
거기서 흔들의자에 누워 하늘을 보니
손님들을 맞이하기 위해 나뭇잎끼리
서로 얼싸안고 있어 햇빛과 하늘이 보이지 않는다
향긋한 나무 향기 상쾌한 마음
모든 시름 잊은 채 행복한 시간이었다
모든 사람들이 열심히 운동하느라
옆 사람도 쳐다보지 않는다
이마에 흐르는 땀방울을 훔치며
연인끼리 친구끼리 짝을 지어 있는
행복한 모습 보고 있다

가족나들이

가족들과 함께 대포항 나들이

전어회 시식도 하고 밤바다를 바라보니 달빛을 받아 강물에 은빛 바다를 비추고 고요한 바다

시원한 바람과 갯내음이 함께 풍겨 신비하고 아름다워 내 가슴 트인다

선착장에는 전어잡이 배들이 줄지어 매달렸고 도롯가 뚝길에는 차들이 나란히 차례를 섰다

바다의 아름다움을 노래한 객인들

모지랑개 송포 대포 앞바다

둑길에 앉아 우리의 역사가 담긴 곳 생각하면서 바라다 보자니 생각나는 것이

일제 강점기에 임진왜란 때 이순신 장군이 거북선을 띄워 왜군을 몰살시켰다는 그 바다라는 사실에 코끝이 찡해왔다

앞바다에 배들은 전어 잡이 그물을 올리는 것이 한 없이 평화로웠다

장맛비

햇볕 붉게 나던 아침
갑자기 찾아온 검은 손
장대비 내린다
내려도 내려도 그칠 줄을 몰라
그림자도 남기지 않고 다 쓸어간
도둑 같은 장대비
뼈대만 남기고
밤새 훼를 치다
발길 끊긴 정류장에 밤새워
가로등 불빛 아래 내리는 비
그칠 줄 모르나
깊은 밤 창문가에 내리는 빗줄기
심술 그만 부리고 그만 잠들게 해다오

백일홍

백 일 동안만이라도
행복할 수 있다면
올 한 해는 행복한 거야
붉은 해가 뜨는 날에도
바람 부는 날에도
티끌이 날려들어
마스크를 벗든 못 벗든
느린 안개처럼 날려드는
사람들의 마음 움켜쥔 가슴
뛰고 있을 테니
코로나가 가든 안 가든 우리들
백일홍 질 때까지만이라도 우리 사는 영혼
행복하면 좋은 것 아니냐

갈대

해변 갈대마을
비바람이 불어도
아무리 흔들려도
꺾이지 않고 다시 일어선다
긴 장마에도 녹아내리지 않고
가을이면 푸른 잎을 내밀며
시원한 바람 잡고 서로를 바라보며
지난 고통 잊은 채 하늘하늘 춤을 춘다
사람들도 그렇지 험한 세상 살아가려면
뒤돌아볼 시간 없이 앞만 보고 살아갈 것이다

어미의 마음

오늘 하루도 멈추지 않고 서산 넘어가는
잡을 수 없는 붉은 햇빛
내일모레면 오십인데
삼시 세끼 어떻게 어디서 무엇으로 채우며 해결하나 항
상 걱정
한 식탁에 마주 앉아 웃음 지으며
행복하게 함께 할
영원한 사랑을 찾아 만나
둥지를 지었으면
정말 그랬으면…
모든 시름 다 잊고
어미의 맺힌 마음을 내려놓고
날개 달아 훨훨 날아가리

낙엽

봄 여름은 가고
어느새 벌써 떨어지는 낙엽
산들산들 부는 바람에
우수수 우수수 떨어진다
바스락바스락 짓밟히는 안쓰러운 모습 눈물 흘린다
떨어지지 않는 푸른 소나무
그 향기에 젖어본다
되돌아봐도
쓸쓸함만 감도는 낙엽
서산에 지는 해도 내일 다시 뜰 것을 기약하듯이 기다린다

어머니, 그늘

까치섬 자갈밭 목화 심고 삼을 심어
하얀 목화솜 먼지 속에 실을 뽑던 여인
모시 삼고 삼 삼아서
한 농 비워 큰딸 보내고
한 농 비워 둘째 딸 보내고
셋째 넷째 다섯째 비워내고 비워내고
텅 빈 장롱 텅 빈 가슴
뒤란에 목단 언제 시들었나
캄캄한 밤하늘 별만 보던 여인아

오 분을 넘기지 못하던 당신의 밥상은
한 발은 방안에 한발은 방 밖으로
목화솜보다 더 가볍다던 당신의 발걸음
목화 다래로 끼니를 채워 늘 가벼웠던 당신이
사진에서 웃고 있는데
그 앞으로
텔레비전 속에서 임금님의 밥상이 펼쳐진다
상궁이 먼저 맛을 보는데

먹는 음식이라곤 기미 상궁의 기미만큼

늘 모자란 끼니의 당신

액자 속 그늘 되어 딱 멈춰 서버리는

당신을 바라보는 눈

까 맣 다

_____ 디카시

나도 한때는 뜨거웠다

뾰족 구두 신고
한참 날리던
뜨거웠던,

흔들리는 마음

꽃향기 숨소리가 들린다

한 아름 꽃을 안고
가슴속을 두드린다
뛰고 뛰고 뛰는
흔들리는 마음

남편, 땡초김밥

나하고 무슨 억하심정으로

맨발로 따라와

60년을 괴롭히는지

제발,

땡초 먹고 속 차려

커피 자판기

쉼터에 선 자판기
영혼들을 유인한다
앞에는 개미떼같이 줄을 서
통 안에 검은 도둑 들어 있어
전재산 다 털리고
뜨거운 햇빛에 걸어간다

선인장

머리에 뿔났다
건들지 마라
입안에도 가시가 났다
홍시를 먹어도 목에 걸리는
가시 돋친 말

소라의 꿈

안주인은 임금님 수라상에 초대되어 텅 빈 집만 남았네
언제 돌아올지 몰라 기다리다 그만 틀어지고 말았네
소라의 단단한 뿌리가 깊은 꿈을 꾼다네

■

해설

현재진행형의 감미로운 시골 정서

서지월

　시 「울음이 타는 가을 강」을 남긴 박재삼 시인의 고향인 삼천포는 시 「낙화」를 남긴 이형기 시인의 고향인 진주와 지난 시절에는 먼 거리가 아니었나 싶다. 이분들로부터 한국 현대시가 진주 삼천포를 잇는 시의 꽃을 피우기 시작한 것으로 여겨진다.

　그분들은 세상을 떴지만 해를 거듭해 오며 시의 꽃을 수십 해를 피워왔고 보면, 삼천포엔 이미 박재삼문학관이 세워져 더욱 활기를 띠고 있는 이즈음, 『마루문학』이 터줏대감이 되어 말하자면 사천 삼천포를 껴안고 살아가는 시인들 면면이 두드러져 보인다.

1. 향토정서와 모성애의 시세계

누가 말했던가. '가고 아니 오는 지난 날이 감미롭기만 하다'고. 이런 시적 정서를 지닌 송말임 시인의 시를 대하는 순간 바다를 끼고 살아온 시인의 한 생이 훤히 그려졌다. 송말임 시인이 갖는 시적 정서가 바로 가고 아니 오는 지난 날의 감미로움이 울림을 주었기 때문이다.

그 가운데 가장 선연하게 안겨든 시가 「외갓집 장독대」였다.

어릴 적 엄마 따라 외갓집 간다
새옷 갈아입고 꽃 놓인 코고무신 신고 뛰어간다
산길을 걸어가면 백 리 길
배 타고 강 건너가면 십 리 길
옹기 술 두루미에 청주 한 병 담아 이고
즐겁게 따라간다 외할머니가 버선발로 내려오며 눈물을 훔치며 맞이한다
외갓집에는 크고 작은 장독대가 줄을 지어 놓여 있다
연병장에 철모를 쓴 병장들 모습 같다
이웃집 영숙이는 친정 간 엄마가 돌아오지 않아
매일 바닷가에 앉아 기다리다 잠수부가 되었다
옹기그릇만 건져 올려 성을 쌓아놓고
등대가 되어 뱃길 밝혀주는 외갓집 동네 이야기
할아버지는 긴 수염에 두루마기 입고
머리에는 탕건을 갖춰 쓰시고
외출했다 돌아오시면 옹기에서 곶감을 주시곤 했다
그리운 외갓집 장독대

– 시 「외갓집 장독대」 전문

시인이 어릴적 엄마 따라 외갓집 간 풍정을 현재진행형으로 읊었다는 게 놀라웠다. 첫 구절부터 절창을 이루고 있다. 어릴 적 엄마 따라 외갓집 가는데, 특히 "새옷 갈아입고 꽃 놓인 코고무신 신고", "산길을 걸어가면 백 리 길/배 타고 강 건너 가면 십 리 길"이란 이 구절이 와 닿았다.

박재삼 시인의 스승이기도 한 우리 한국 제일의 시인이신 미당 서정주 시인도 시「반공일날 할머니집 찾아가는 길」을 보면,

솔숲 지나 대숲 지나
콩밭, 콩밭, 들깨밭
반공일(半空日)엔 두고 맡는
들깨밭 냄새
할머니 막 그리워지는
들깨밭 냄새

라는 구절이 선연하게 와 닿았다. 시인의 코고무신 신고 '산길을 걸어가면 백 리 길/배 타고 강 건너가면 십 리 길' 역시 운율이 살아있는 표현으로 신선하게 와 닿았다.

지금은 찾아볼 수 없는 "옹기 술 두루미에 청주 한 병 담아 이고/즐겁게 따라간다"는 이런 지난 날 아버지 어머니 시절의 토속정서가 소중하게 읽혔다.

거기다가 장독대의 장독 풍경을 "줄을 지어 놓여 있다"는 이런 구절은, 그 당시 그 가족들은 장가 보내고 시집 보내어 흩어

져갔지만 장독은 변함없이 한데 모여 있는 의미가 인상적이었다.

엄마의 처녀시절 외갓집 가족을 떠올려주고 있는 이런 상상력이 의미 깊게 읽혔다.

이에 비해 이웃집 영숙이는 엄마 따라 갈 수 없었던 외가집이 상대적으로 쓸쓸함을 안겨주고 있다.

그런가 하면, 외할머니는 버선발로 뜰을 내려서며 너무나 반가워 눈물을 훔치는 데 비해 할아버지는 담담하게 두루마기 입고 머리에는 탕건을 갖춰 쓰시고 장독대에서 곶감을 내어다 주시는 여유가 대조적이어서 시적 효과를 고조시켜 주고 있다.

시 「옹기」 역시 시골의 토속정서를 북돋워주는 작품이었다.

옛날 그 시절 옹기장수 볏짚으로 소중하게 싸서
소달구지에 잔뜩 실어 돌밭길 고갯길을 넘어 도랑 건너 마을에 내려놓는다
동네 아낙네들 모여 이고 들고 간다
빗길에 넘어져 도랑사구를 그만 깨트려 버렸네
엽전 닷 냥 버렸다고 시어머니께 쫓겨나 울고 간다
복실이가 따라가며 짖어댄다
가정마다 고운 옷 입혀놓은 옹기 가족 물동이 쌀독 간장독
김치 항아리 술독 된장 고추장단지
장독간 둘러선 맨드라미 접시꽃 나라꽃 활짝 피어
예쁜 꽃받침도 되어 주고
떡시루도 되어 주고
오줌동이도 되어 주고
금사발 은사발 툭사리도 모여

임금님 수라상에도 올라 귀염 받고 있다

– 시 「옹기」 부분

이 시에서 보듯 우리네 지난 날에는 옹기 가족이 따로 있는
게 아니었다. 열 아홉 식구의 5대가 함께 한 대가족으로 제 역
할을 해 온 옹기들이 있었음을 잘 말해주고 있다. 거기 장독간
에는 서정시처럼 풍겨주는 맨드라미 접시꽃 나라꽃들이 존재
했던 것이다.

물동이 쌀독 간장독 김치 항아리 술독 된장 고추장단지 떡
시루 툭사리 오줌동이 등 시골에서는 모두가 소중했던 옹기임
을 읊고 있다. 토속정서를 잘 발휘한 작품이라 하겠다.

아! "불러도 불러도 지치지 않는 어머니"라는 첫구절부터 말
문을 열었다.

불러도 불러도 지치지 않는 어머니
아랫목 같이 따뜻한 사랑 담은 그 사연
떠나는 자식 보이지 않을 때까지
손 흔들며 눈물 훔치며 돌아가지 않고 서 있던 어머니

그래도 보고 만져도 보고픈 어머니
버선발로 내려와 반겨 주시던
간장 된장 고추장 챙겨 주시며
언제나 풍성한 마음 인자한 모습으로
사랑이 넘치는 어머니

– 시 「어머니」 부분

맞는 말이다. 결혼을 해 아이를 낳아 길러보지 않고는 모르는 모성애다. 더 나아가 늙어보면 더욱 이런한 손짓일 수밖에 없는 여자의 일생이다. "떠나는 자식 보이지 않을 때까지/손 흔들며 눈물 훔치며 돌아가지 않고 서 있던 어머니"를 생각하면 아련한 추억의 한 포에지다. 그래도 보고 만져도 보고픈 어머니다.

간장 된장 고추장 챙겨주시던 어머니였다. 세월이 흘러 자신이 그 자리에 놓여있다면 감회는 더하다. 격세지감이라 했던가. "아무것도 해주지 못하고 되돌릴 수 없는 과거"가 되어버린 현실에서의 어머니를 그리는 할머니 신세가 된 것이다.

가슴 뭉클하게 와 닿는 구절이 여기 있다.

─ "눈 뜨고 바라볼래도 시든 꽃!"

이다.

필자가 두만강 너머 북간도 만주땅 연길의 문학행사에 갔을 때다. '한국 현대시의 아버지'로 불리우는 정지용문학제 행사였는데 조선족 여가수가 부르는 민요 아리랑이었다. 난생 처음 듣는 아리랑이었는데, '서산에 지는 해가 지고 싶어 지나?' 이 구절이었다. 이 한 구절이 안겨주는 감동이란 이루 형용이 안 될 정도였다. 우리 민족의 고유한 민요 아리랑에 이런 심오함이 깃들어 있는지를 몰랐다. 인간과 자연의 섭리가 잘 융화된 음률이 들어있음을 이때 알았던 것이다.

나고 죽는 것이 해·꽃·인간 뿐이겠냐마는 자전거도 오래타다 보면 녹슬듯이 목숨 있는 것이나 없는 것이나 영원불멸은 없음을 깨닫게 해 주는 화두를 넘어선 구절로 들렸다.

이렇게 지는 해가 된 나이임에도 "어머니 젖을 만지고/품안에서 미소 짓고 잠들고 싶"은 모성애는 할머니가 되어서도 마찬가지인가 보다.

어머니의 자애로움은 다음의 시에서도 잘 나타나 있다.

> 고개를 들면 황금빛 윤슬이 쏟아지고
> 고개를 숙이면 그 윤슬을 실은 물결이
> 천 조각 만 조각으로 부서지며
> 눈과 영혼을 황홀하게 한다
>
> 솜 같은 구름 속으로
> 숨바꼭질하는,
> 어디서 왔는지 물새 한 마리
> 삐익 삐익 하고 울면서 머리 위 지나간다
> 바닷가 작은 풍경들이 한 식구가 되었구나
>
> – 시 「가족」 부분

별들이 반짝이고 달빛이 환한 밤바다의 풍경을 이리도 실감을 자아내게 잘 읊을 줄이야. "고개를 들면 황금빛 윤슬이 쏟아지고/고개를 숙이면 그 윤슬을 실은 물결이/천 조각 만 조각으로 부서지"는 황홀의 밤바다이다.

게다가 "숨바꼭질하는,/어디서 왔는지 물새 한 마리/삐익 삐익 하고 울면서 머리 위 지나"가는 시늉의 생동감 넘치는 표현이 돋보였다.

가장 감동적으로 구체화되어 읽힌 구절로 달빛에는 "쓸쓸히 홀로 눈물에 젖은/어머니 얼굴", 별빛에는 "힘겹게 살아가며 이리 뛰고 저리 뛰는/자식 얼굴이 비치는 것" 같다는 의미가 예사가 아니게 읽혔다.

보태어 말하면, "누구를 기다리며 쓸쓸히 홀로 눈물에 젖은/어머니 얼굴"과 "힘겹게 살아가며 이리 뛰고 저리 뛰는/자식 얼굴"이며 "길 잃지 말라며" "머리 위 밝혀주"고 있는 북두성이 반짝반짝 빛나는 바다이리라.

별빛에는
힘겹게 살아가며 이리 뛰고 저리 뛰는
자식 얼굴이 비치는 것 같고
반짝반짝 길 잃지 말라며 북두성 머리 위 밝혀주네

놀랍지 않은가. 주야장장 자식 걱정하는 모성애가 키포인트로 읽혔다. 시에서 아주 중요한 의미부여가 돋보인 만만치 않은 구절들이다. 이것들이 모여 조화를 이루어 한 식구가 된 남해 바닷가 밤풍경들의 조화가 멋진 시로 변용된 것이다.

2. 인생사와 대자연의 시세계

시 「벚꽃」이 예사로 읽힌 시가 아니다.

숨바꼭질하다 눈 감고 숨었다가
나도 모르게 따스한 햇볕에 활짝 웃고 말았어
인사를 하려다 미운 얼굴 보일까 봐
바람에 청춘마저 날려 버린 벚꽃처럼

눈물에 짓밟히고 말았네
짧았던 벚꽃 개화가 그렇게 가 버렸다네

– 시 「벚꽃」 전문

"숨바꼭질하다 눈 감고 숨었다가/나도 모르게 따스한 햇볕
에 활짝 웃고 말았어"란 이 한 구절이 말해주는 울림이 놀랍
다. 장자가 말한 호접지몽(蝴蝶之夢)이 그것인데 '내가 꿈에
나비가 된 것인가, 나비가 꿈에 내가 된 것인가, 알지 못하겠구
나'라고 했는데 허상에 가까운 혼몽이라 할 수 있을 정도로 잠
깐 왔다 가는 인생임을 희화화해 읊은 의미 있는 시로 읽혔다.
"청춘마저 날려 버린 벚꽃처럼/눈물에 짓밟히고 말았네/짧
았던 벚꽃 개화가 그렇게 가 버렸다네"에서 보듯이, 벚꽃에 빗
대어 한 세월, 아니 한 세상이 후딱 가버린 인생의 회한이 고도
한 상징성을 매개로 울림을 주고 있다.
시인의 안목이 대단하다 할 수 있다.

다음의 압축된 시에서도 뛰어난 형상화의 놀라운 시각이 돋
보임이 확인된다.

옹기종기 머리 붙이고
해 가는 줄 모르고 놀았는가
쫓기고 달려온 길
돌아볼 길마저 잊었구려
이제사
흰서리 맞고 돌아보니
활짝 핀 꽃 한 송이 아니던가

– 시 「인생」 전문

촌음같은 한평생을 "옹기종기 머리 붙이고/해 가는 줄 모르고 놀았는" 의미로 축약해 읊고 있다. 인생사가 그렇게 "쫓기고 달려온 길"이었던 것이다. "흰서리 맞고 돌아보니/활짝 핀 꽃 한 송이"라? 역시 기발한 상상체계로 이루어진 맵짠 시로 읽혔다. 참기름을 바른 듯 윤택한 문체와 참신한 비유가 일품의 시로 승화된 것 같다.

시 「철새처럼」에서는,

지렁이 놀세라
아버지 잠 깨실까 봐
살금살금 박쥐처럼 날아 모여
밤하늘 반짝이는 별을 보며
철새처럼
쨱쨱거리며
가설극장 구경 가던 친구들
어디론가 철새처럼
짝 지어 가 버렸네
숫자는 늘어가고
서산에 검붉은 햇빛
가기 싫어 힘들어하네
어디에 있는지 우체통 메고 가네

– 시 「철새처럼」 전문

이처럼 놀라운 시일 줄이야. "서산에 검붉은 햇빛/가기 싫어 힘들어하네" 이 한 구절이 할 말 다한 셈이다. 필자가 언급했

듯이 두만강 위 북간도 만주 연변땅 정지용시문학제에서 연변대학예술원 음악대학 조선족 여가수 김순희 교수가 부른 아리랑의 한 대목인 '서산에 지는 해가 지고 싶어 지나' 다름 아닌 "서산에 검붉은 햇빛/가기 싫어 힘들어하네"를 경남 삼천포 할머니시인의 시에서 발견했으니.

'좋은 말 한 마디가 천냥 빚을 갚는다' 란 말을 방불케 할 정도로 빛나는 시 한 구절이 주는 울림이 가히 일품이다. 우리네 인간사가 이 한 구절 속에 모두 들어있을 줄이야.

역시 인생시를 읊은 시이나 전혀 공허하게 읽히는 시가 아니라는데 「백일홍」이 자리 잡고 있다.

백 일 동안만이라도
행복할 수 있다면
올 한 해는 행복한 거야
붉은 해가 뜨는 날에도
바람 부는 날에도
티끌이 날려들어
마스크를 벗든 못 벗든
느린 안개처럼 날려드는
사람들의 마음 움켜쥔 가슴
뛰고 있을 테니
코로나가 가든 안 가든 우리들
백일홍 질 때까지만이라도 우리 사는 영혼
행복하면 좋은 것 아니냐

– 시 「백일홍」 전문

삶의 긍정과 부정 사이에 존재하는 시간의 변화무쌍함을 잘 드러낸 시로 읽혔다. 일상사를 백일홍 꽃을 등장시켜 위무해주는 시라 하겠다.

"백 일 동안만이라도/행복할 수 있다면/올 한 해는 행복한 거야"가 평범한 구절이 아니다. 평범함을 뛰어넘는 구절이다. 일상이 다 기쁘고 행복할 수 없듯이 백일동안 피고 진다는 백일홍 꽃을 보라는 것이다. "코로나가 가든 안 가든 우리들/백일홍 질 때까지만이라도 우리 사는 영혼/행복하면 좋은 것 아니냐"로 귀결짓고 있다. 시를 쓰는데 센스있게 잘 쓰는 시인이 아닌가 생각한다.

> 찌는 듯한 더위는 지나가고 싸늘한 가을바람 불어와
> 머리카락 사이로 스며든다
> 힘들어 못 이겨 고개 숙인 벼
> 가을향기 내뿜으며 한들한들 춤추는 코스모스
> 길손들 마음을 설레게 한다
> 대교 밑 잔잔하게 출렁거리며 내뿜는 갯내
> 산기슭에 솔솔 부는 바람에
> 바스락바스락 속삭이는 소리
> 가을 입맛을 돋우는 감성돔
> 깊은 밤 창문 사이로 도둑 같이 멀어져 가는
> 눈썹달
> 가을이 깊어간다
>
> — 시 「가을」 전문

삼천포의 풍요로운 가을을 리얼하게 읊은 대표적인 시로 읽혔다. 평범하지 않은 시각이 돋보였다. 퀴퀴했던 여름이 지나간 가을 삼천포의 자연 풍경이 예사롭게 읽히지 않았다.

"힘들어 못 이겨 고개 숙인 벼", "바스락바스락 속삭이는 소리", "도둑 같이 멀어져 가는/눈썹달/가을이 깊어간다" 등에서 확인되듯 뛰어난 표현들이 돋보였다.

시가 갖는 묘미 중의 하나라면, 자연풍경과 결합된 향토정서가 계절감각으로 잘 버무려진 시라는 데 있다.

가을을 대표하는 상징적인 자연의 산물로 갈대를 빼놓을 수 없을 것이다. 시인이 갖는 직관력이라면 이 시에서 찾을 수 있다 하겠다.

> 해변 갈대마을
> 비바람이 불어도
> 아무리 흔들려도
> 꺾이지 않고 다시 일어선다
> 긴 장마에도 녹아내리지 않고
> 가을이면 푸른 잎을 내밀며
> 시원한 바람 잡고 서로를 바라보며
> 지난 고통 잊은 채 하늘하늘 춤을 춘다
> 사람들도 그렇지 험한 세상 살아가려면
> 뒤돌아볼 시간 없이 앞만 보고 살아갈 것이다
>
> – 시 「갈대」 전문

갈대를 소재로 한 시가 많지만 만만찮게 읽힌 시이다. 자연현상이나 세상사 풍물이나 인간존재에 대해 예사로 스쳐지나지 않는 존재가 시인인 것을 증명이라도 해 주듯 생명에 대한 외경심이 돋보였다.

바닷가 해변의 갈대라는 시각에서 강갈대와 다름없이 끈질긴 생명력을 의미한다. 여름이 살아남기 위한 고통의 시간이었다면 "가을이면 푸른 잎을 내밀며/시원한 바람 잡고 서로를 바라보며/지난 고통 잊은 채 하늘하늘 춤을" 추는 극복의 생명 부활 시기이다.

여기에 시를 잘 쓰는 분이기에 가능하리라 보는데 인간세상과 비유됨으로써 한껏 시가 힘을 받고 있는 대목을 말하라면, "험한 세상 살아가려면/뒤돌아볼 시간 없이 앞만 보고 살아갈 것이다" 이런 진리에 가까운 담론을 갈대에서 찾아낸 것이 놀라울 따름이다.

아무리 비바람이 불고 흔들려도 꺾이지 않고 다시 일어나며 한쪽으로 쓸리며 자신의 존재감을 지켜내는 갈대의 마음인 것이다.

한 계절이 밀려나면 다음 계절이 받아주듯 인간이나 자연이나 매한가지임을 인식시켜 주는 시라 하겠다.

봄 여름은 가고
어느새 벌써 떨어지는 낙엽
산들산들 부는 바람에
우수수 우수수 떨어진다
바스락바스락 짓밟히는 안쓰러운 모습 눈물 흘린다
떨어지지 않는 푸른 소나무
그 향기에 젖어본다
되돌아봐도
쓸쓸함만 감도는 낙엽
서산에 지는 해도 내일 다시 뜰 것을 기약하듯이 기다린다

– 시 「낙엽」 전문

바스락 바스락 짓밟히는 낙엽의 '안쓰러운 모습' 이기도 하지만, '되돌아봐도 돌릴 수 없는 낙엽'의 의미가 핵심으로 읽혔다. '쓸쓸함이 감도는 낙엽'이라는 추상적 개념의 이런 도도해 보이는 표현이 성공하고 있는 공감능력도 확인되었다.

불난 가슴 식히려 붉은 노을 바라본다
마음을 달래주는 담장 위의 붉은 장미
서산에 넘어가는 노을빛 바다
붉은 장밋빛 드레스를 입고 춤을 춘다
한 쌍의 비둘기가 날고 있다

바닷빛 잠자던 거북이
붉은 노을빛에 놀란 토끼 되어
아침 인사 하러 뛰어나온다
잠들려 하던 산골 오두막에는
검은 연기를 내뿜는다

                                          – 시「노을」부분

시의 쓰레기 시대를 만나 좋은 시를 대하니까 아주 기쁘다. 필자가 알기로 시의 쓰레기 시대를 만난 만큼 기본적으로 시가 아닌 시가 칼라명함 돌리듯 난장판인데, 이렇게 수련된 시를 만나기 쉽지 않은데 말이다. 한반도의 남녘 끝자락이라 할 수 있는 경남 삼천포 바닷가에 찰랑찰랑 귀를 간지럽히는 파도소리 들으며 고매한 시를 쓰니까 박수를 보내드린다.

오늘도 저물어 가는 하루
나의 눈물도 흘러간다
수많은 세월이 지나도

남는 것 잡히지 않는 빈손
저 하늘에 별들도 숨바꼭질하고
허공에 떠도는 구름만 덥혀주네
초생달 깜빡깜빡 숨바꼭질하고
빈 가슴만 안겨주네
말없이 고요한 밤 첫눈이 내리듯 포근히 잠들고 말았네

– 시 「마음」 전문

절묘한 시상으로 읊어낸 시로 읽혔다. 시란 단상에서 출발하지만 함축된 의미는 무한하다. 모든 것이 마음에서 비롯됨을 말해주는데 조금도 손색없이 직조된 시라 하겠다.

보라. "오늘도 저물어 가는 하루/나의 눈물도 흘러간다" 기막히지 않은가. 이 한 구절에 함축된 의미는 무한하리라. 그리고 "수많은 세월이 지나도/남는 것 잡히지 않는 빈손"인 것을.

우주의 한 모퉁이라 할 수 있는 변화무쌍한 인간세상의 한 개체로서 우주의 순환과 조화가 함께함을 잘 보여준 시인 것이다.

"별들의 숨바꼭질", "허공에 떠도는 구름", "깜빡깜빡 숨바꼭질 하는 초생달"에서 알 수 있듯이 초월의 세계에로의 열림을 보여준 시라 하겠다. "첫눈이 내리듯 포근히 잠들고 싶다"라고 일축했듯이 모든 것을 떨쳐버린 겨울이라는 대자연의 호흡 속에 마음을 내려놓는 것이다.

그렇다. 살아보아야 터득되는 인생사에 시인이 존재하는 것이리라.

서지월 | 전업시인, 한민족사랑문화인협회작가회의 공동의장

나도 한때는 뜨거웠다

ⓒ송말임, 2024

초판 1쇄 ｜ 2024년 5월 3일

지 은 이 ｜ 송말임
펴 낸 곳 ｜ 시와정신사
주　　소 ｜ (34445) 대전광역시 대덕구 대전로1019번길 28-7, 2층
전　　화 ｜ (042) 320-7845
전　　송 ｜ 0504-018-1010
홈페이지 ｜ www.siwajeongsin.com
전자우편 ｜ siwajeongsin@hanmail.net

공 급 처 ｜ (주)북센　(031) 955-6777
경기도 파주시 문발로 77(문발동) (10881)
전화 ｜ 031-955-6777　전송 ｜ 080-250-2580
홈페이지 ｜ www.booxen.com

ISBN 979-11-89282-65-3　　03810

값 10,000원